ResumenExpress.com

La Isla de la Calavera

de Anthony Horowitz

GUÍA DE LECTURA

Escrita por Elena Pinaud
Traducida por Juan Lopez

La Isla de la Calavera

de Anthony Horowitz

Entiende fácilmente la literatura con

ResumenExpress.com

www.ResumenExpress.com

▍ANTHONY HOROWITZ

ESCRITOR INGLÉS

- **Nacido en 1955 en Londres**
- **Algunas de sus obras:**
  - *El halcón maltés* (1986), novela
  - *La foto asesina* (2005), relatos cortos
  - *Sherlock Holmes ha muerto. Larga vida a Moriarty* (2014), novela

Anthony Horowitz es un escritor de renombre mundial nacido en 1955 en Reino Unido. Autor de más de cuarenta novelas, traducidas a numerosos idiomas.

Es más conocido por su literatura infantil, con historias de fantasía (como *La isla de la calavera* y su secuela, *Grial maldito*, 1995) y novelas policíacas (como *El halcón maltés* y *Enemigo público no 2*, 2014), siempre marcadas por giros y un estilo humorístico. También ha escrito novelas para adultos, como *Moriarty* (2014), la secuela de las aventuras de Sherlock Holmes, así como guiones para series de televisión como *Hércules Poirot* (1991-2002) y *el inspector Barnaby* (1997-2000).

Su obra ha sido galardonada con premios literarios: el premio Polar-Jeunes en 1988 por *Le Faucon malté*, el Premio Europeo de Novela Infantil en 1993 por *L'Île du crâne* y el Grand Prix des lecteurs du magazine *Je bouquine* en 1994 por *Devine qui vient tuer* (1991).

En enero de 2014 recibió la Medalla Honorífica de la Orden del Imperio Británico por sus "servicios a la literatura".

LA ISLA DE LA CALAVERA

UN CUENTO DE HADAS MODERNO LLENO DE HUMOR

- **Género:** novela fantástica

- **Edición de referencia:** *L'Île du crâne*, traducido del inglés por Annick Le Goyat, París, Le Livre de Poche Jeunesse, 2014, 192 p.

- **1ª edición:** 1988

- **Temas:** magia, fantasía, adolescente, escuela, vampiros, magos

Publicado en 1988, *La Isla de la Calavera* (*Groosham Grange* en la versión original) es una especie de cuento de hadas fantástico moderno con toques de humor absurdo. Es la historia de un niño de 12 años, David Elliot, que consigue superar los obstáculos paternos y escolares con la ayuda de toda una serie de extraños personajes.

La escritura irónica, la presencia de símbolos, las finas alusiones a la sociedad actual y el ritmo vivo de los diálogos confieren al texto una gran riqueza. *La Isla de la Calavera* fue galardonada con el Premio Europeo de Novela Infantil de la ciudad de Poitiers en 1993.

RESUMEN

GROOSHAM GRANGE: LA ESCUELA DE LA DISCIPLINA

Al final del primer trimestre del curso escolar, David Eliot, de 12 años, vuelve a casa con un boletín de notas muy pobre y comentarios muy negativos de sus profesores. Una carta informa a sus padres de que ha sido expulsado, "por socialismo constante y deliberado" (p. 14).

Su enfadado padre recuerda con nostalgia los castigos que su propio padre solía infligirle cuando no estaba a la altura de sus expectativas: se veía a sí mismo "colgado de los pies en la nevera" (p. 10). "En mi juventud, sabía lo que significaba la disciplina [...] ¡El látigo! Eso es lo que se pierden", clama sobre los niños de hoy (p. 19).

Exasperado por estos malos resultados, se lanza sobre su hijo con un cuchillo: llevado por su impulso, apuñala a su mujer antes de atropellarla con su silla de ruedas y caer en la chimenea. David aprovecha la situación para refugiarse en su dormitorio.

Al día siguiente, el Sr. Eliot le dice a su mujer que quiere que su hijo aprenda disciplina de verdad. En ese momento, por casualidad recibe una carta que parece concederle su deseo. Era una carta del Groosham Grange College ofreciéndose a enseñar disciplina a los niños. Allí, el curso escolar sólo tiene una fiesta al año y, como la escuela está en una isla, los alumnos no pueden escaparse.

David es obligado a partir inmediatamente hacia ese misterioso internado. Por el camino, conoce a Jeffrey y Jill, también expulsados de su colegio y que prorto serán internos en Groosham Grange College. Los tres adolescentes, deprimidos y recelosos ante la idea de entrar en esta extraña escuela, hacen un pacto para ayudarse mutuamente: se apoyarán unos a otros e intentarán escapar lo antes posible. Un encuentro con un sacerdote en su compartimento despierta sus sospechas sobre Groosham Grange: el hombre se asusta y se desmaya al oír el nombre de la escuela. Y por una buera razón: Groosham Grange es una escuela de brujería

Cuando llegan a la estación, los niños son recibidos por Gregor, el conductor de la escuela que debe acompañarlos al colegio. Los lleva a un barco en un viejo coche fúnebre. En el puerto, el capitán Baindesang se hace cargo de ellos.

La Isla de la Calavera les impresiona sobre todo por su bosque salvaje y sus acantilados inaccesibles. La arquitectura del edificio de la escuela también es extraña: está construido en una sorprendente mezcla de estilos religioso, administrativo y ornamental.

PRIMEROS MISTERIOS

Nada más llegar, David es enviado al subdirector, el Sr. Kilgraw le asegura al chico que su escuela ofrece una educación que va "más allá de los sueños más descabellados" de los alumnos, y que el profesorado es "diferente" (p. 55). Le dice a David que es "el séptimo hijo del séptimo hijo" y que "eso le hace especial" (*ibíd.*).

Mientras tanto, David se ve obligado a escribir su nombre con sangre en un registro, lo cual es un hecho aterrador para él, al igual que el hecho de no poder ver a Kilgraw reflejado en el gran espejo de su despacho.

Esta sensación de terror se acentúa aún más cuando se da cuenta de que los demás estudiantes, todos con anillos negros similares a los de Kilgraw, aparecen con nombres que no coinciden con los de las etiquetas de sus uniformes. No obstante, las clases se desarrollan bastante bien.

David, cuestionándose la naturaleza de la escuela, se da cuenta de una serie de hechos extraños: el Sr. Leloup guarda una paloma muerta en su taquilla; la cocina parece un laboratorio de biología; y por la noche, los demás alumnos desaparecen sin dejar rastro.

Más tarde se da cuenta de que el profesorado está formado por criaturas fantásticas: el Sr. Kilgraw, profesor de latín, es un vampiro; el Sr. Creer, profesor de modelado, es un no muerto; el Sr. Leloup, profesor de francés, es un hombre lobo; la Srta. Pedicure, encargada de las clases de inglés, y la Sra. Windergast, ama de llaves, son brujas.

Decidido a conseguir pruebas, David entra en el despacho del Sr. Kilgraw, el subdirector, y se quema al contacto con un anillo negro guardado en un cajón. Kilgraw le pilla in fraganti y le dice que está decepcionado por su comportamiento y su espíritu rebelde. Espera que algún día David pueda aceptar la escuela tal como es.

David vuelve a casa de la ^{Sra.} Windergast para que le cure las quemaduras y le ofrecen una pomada para dormir mejor. Esa noche sueña que está con todos los internos y profesores del colegio en una cueva celebrando la Navidad con buena comida, bailes y risas. Allí ve a su amigo Jeffrey recibiendo un anillo negro del Sr. Kilgraw.

INTENTOS DE FUGA

Asustado, David escribe una carta a su padre pidiéndole que lo retire del colegio, ya que cree que los profesores quieren convertirlo en un zombi. A cambio, promete cumplir el sueño de su padre de sucederle al frente del Banco de Inglaterra.

El chico, ayudado por Jill, que ha hecho varios intentos de escapar de la isla, decide también enviar al mar botellas con gritos de socorro. Uno de ellos es interceptado por el Ministerio de Educación, que envía inmediatamente un inspector a la isla. El inspector quedó inicialmente impresionado por Groosham Grange. La escuela, estando al tanto de la visita del inspector, se ha preparado cuidadosamente para su visita. No obstante, el inspector es finalmente asesinado por la señorita Pedicura

El Sr. Kilgraw y sus colegas deciden que es hora de que David tenga una entrevista con los directores de los colegios. Su insubordinación está interfiriendo en sus planes para convertirlo en uno de ellos y el tiempo se acaba: planean introducir a David en la magia el día de su decimotercer cumpleaños. Si el chico se niega, debe morir.

Cuando el adolescente entra en el despacho de los señores Fitch y Teagle, los directores, descubre que en realidad son un mismo hombre con dos cabezas. Al verlos, se desmaya.

Temiendo que lo conviertan en zombi, David decide escapar dos días después, el día de su decimotercer cumpleaños. Consigue robar el barco de Baindesang y huir de la isla.

De vuelta en tierra firme, nadie cree su historia sobre las brujas de Groosham Grange. Para saber más sobre lo que acaba de vivir, David va a la biblioteca, donde descubre el libro *Black Magic in Britain*, que le da mucha información sobre las brujas, su iniciación y la Academia de Brujería Groosham Grange.

Al salir de la biblioteca, David ve al conductor de la escuela, Gregor. Para escapar de él, el chico entra en la feria del pueblo y sube a un tren fantasma. Cuando el tren sale del túnel, David se da cuenta de que está en los acantilados de la Isla Calavera. Ya es su cumpleaños: ya no puede escapar de ellos.

EL MUNDO DE LA BRUJERÍA

Jill aparece y le pide que lo siga. Le revela a David que, como ambos son el séptimo hijo de un séptimo hijo, tienen poderes especiales y los profesores sólo quieren enseñarles a utilizarlos. Juntos atraviesan el espejo de la biblioteca y se encuentran en la cueva con la que David había soñado en Navidad. Jill lleva un anillo negro: David comprende que acaba de cumplir 13 años y que este anillo simboliza su iniciación en la brujería.

Rodeado de profesores y alumnos, David se enfrenta a un dilema: olvidar su antigua identidad y convertirse en brujo o ser asesinado. La elección se hace rápidamente.

De vuelta para pasar un día de vacaciones con su familia, David, molesto con sus padres, los congela durante tres semanas con un hechizo mágico. Luego utiliza su magia para cumplir deseos caprichosos, eso lo convence de que va a aprobar todos sus exámenes de magia.

ESTUDIO DE CARACTERES

DAVID ELIOT

David es un niño muy solitario de casi 13 años. Incomprendido por sus profesores y por padres, tiene seis hermanas que ya se han ido de casa.

Es "pequeño para su edad y muy delgado" (p. 9), con "pelo castaño, ojos azules verdosos [y] pecas" (pp. 9-10). Falto de confianza en sí mismo, se considera "pequeño y feo" (p. 10).

Es sensible e inteligente, "posee una [...] fuerza de carácter, espíritu de independencia" (p. 73) que provoca su expulsión de la escuela pública en la que le matricularon sus padres. Su sentido de la justicia y la libertad le impidió adaptarse a las "estúpidas normas y reglamentos" de la escuela (p. 13).

En Groosham Grange, demuestra ser un buen estudiante. Contra todo pronóstico con su amiga Jill, demuestra valor y perseverancia. Intuyendo que los profesores y los alumnos ocultan un oscuro secreto, no duda en arriesgarse para averiguar qué intentan ocultarle y emprende una meticulosa, y peligrosa, búsqueda de la verdad.

Esto le llevará finalmente a descubrirse a sí mismo y a aceptar su verdadera naturaleza: ser un mago con grandes poderes.

EDWARD Y EILEEN ELIOT

Los padres de David son dos personajes caricaturescos, mezquinos y aparentemente insensibles a todo. El padre, en silla de ruedas como consecuencia de los malos tratos sufridos en su infancia, que en su estupidez considera justificados y beneficiosos, es abusivo tanto verbal como físicamente.

La madre, alcohólica, se somete a su marido y le apoya en sus arrebatos de autoridad. Prueba de ello es el trato que dan a su hijo: le privan de la cena y de la Navidad, no le escuchan y adoptan una actitud autoritaria. No hay ningún cambio en el curso de la historia.

JILL

Jill es una joven a punto de cumplir 13 años. Enviada a Groosham Grange el mismo día que David, se convierte inmediatamente en su aliada. Tiene "cara redonda de niño, [...] pelo castaño corto y ojos azules" (p. 31). Abandonada por unos padres siempre ausentes, es ingeniosa e independiente. Su carácter rebelde la ha llevado a fugarse de dos colegios públicos y a ser expulsada del tercero. Está decidida a escapar de la Isla de la Calavera, "nadando [...] si hace falta" (p. 32).

Una vez en la isla es observadora, valiente y decidida, sigue buscando la manera de salir de la escuela e investiga con David lo que realmente ocurre allí. El día de su cumpleaños, enfrentada a la verdad sobre su naturaleza bruja en la ceremonia de iniciación de la escuela, deja de resistirse al mundo de la magia.

JEFFREY

Como los dos personajes anteriores, Jeffrey tiene casi 13 años y no cumple las expectativas de sus padres. Además, el hecho de que sea codicioso, envarado y tartamudo le convierte en víctima de las burlas, excepto en la Isla de la Calavera, donde se aceptan todas las diferencias.

No es un personaje fuerte, ya que cede rápidamente a los oscuros planes de los profesores de Groosham Grange.

GREGOR

Gregor es el conductor del colegio Groosham Grange. Es un personaje jorobado, deforme y terriblemente feo que sirve fielmente a sus patrones y a los alumnos de la escuela a los que llama sus "amos" (p. 43). En su visita a la escuela, el inspector del Ministerio de Educación felicita a Kilgraw tras su encuentro con Gregor: "La Academia es muy sensible al empleo de discapacitados". (p. 120)

SR. KILGRAW

El subdirector y profesor de latín es en realidad un vampiro que teme la luz del sol. David lo encuentra muy viejo y de aspecto tan cadavérico y destartalado como los muebles de su oficina. El trabajo de Kilgraw es abogar por su universidad y sus colegas. También se encarga de reclutar nuevos alumnos y de realizar rituales de iniciación: mata a los que se niegan a iniciarse en la magia y hace inmortales a los que aceptan cooperar.

CLAVES DE LECTURA

UN CUENTO MARAVILLOSAMENTE MODERNO

Las características narrativas del cuento de hadas

La Isla de la Calavera es, en muchos sentidos, un cuento de hadas.

- **El esquema narrativo.** La construcción de la historia sigue la de un cuento:

  - **la situación inicial:** es el comienzo de la historia, el momento en que se establece el escenario y se presentan los personajes; la situación está equilibrada, es decir, no tiene motivos para cambiar.

    - David es un niño incomprendido por sus padres que vive una infancia solitaria e insatisfactoria.

  - **el elemento perturbador: se** trata de un acontecimiento que perturba la situación inicial y desencadena la propia historia.

    - David es expulsado de la escuela y enviado a Groosham Grange, en la Isla de la Calavera;

  - **los giros:** son los acontecimientos provocados por el elemento perturbador y que conducen a la acción emprendida por el héroe para resolver el problema.

‣ Desde su llegada a la isla hasta su huida, David vive varias aventuras, como su visita nocturna al colegio con Jill (cuando todos los demás alumnos han desaparecido) o su intrusión en el despacho del Sr. Kilgraw, durante la cual se quema con el anillo negro del subdirector antes de ser capturado.

- **el desenlace: pone** fin a los acontecimientos y conduce a la situación final.

  ‣ **David regresa mágicamente a la isla y entra en el mundo de la brujería tras una ceremonia de iniciación**

- **la situación final:**

  ‣ David está cumpliendo su papel de aprendiz de brujo.

• **los personajes.** Los personajes y sus relaciones también acercan la historia a un cuento de hadas. Hay:

  - **un héroe:** David;

  - **ayudantes:** Jill y Jeffrey (hacen un pacto al principio de la historia: "permaneceremos juntos… nosotros contra ellos", p. 36);

  - **villanos: el** personal de la escuela, el capitán Baindesang y otros estudiantes;

Símbolos y otros elementos clásicos de los cuentos de hadas

• **el número 7, un número "mágico": los** alumnos derivan su poder mágico del hecho de ser el séptimo hijo de un séptimo hijo;

- **el número 13, el número "maléfico":** a los 13 años, los alumnos de Groosham Grange son iniciados y reciben el anillo negro, signo de su pertenencia al mundo de la magia y al mundo maléfico de la isla de la calavera;

- **la isla:** el lugar donde se desarrolla la acción está aislado. Es imposible encontrarla en un mapa y no está conectada con el resto del mundo conocido. Así, corresponde a los lugares indefinidos de los cuentos maravillosos (por ejemplo, "un reino muy lejano");

- **objetos mágicos:**

  - el "anillo negro" que llevan los alumnos y profesores de Groosham Grange (cuando David toca el que encuentra en el despacho del Sr. Kilgraw, se quema);

  - el espejo de la biblioteca que sirve de pasadizo a los estudiantes que lo atraviesan a medianoche;

  - el ungüento aplicado por la Sra. Windergast en la frente de David, que le lleva a un viaje onírico;

  - la muñeca de cera y las agujas usadas para matar al inspector.

- **Personajes maravillosos:** la Sra. Windergast, la directora del colegio es una bruja, una figura típica de los cuentos de hadas, y la Srta. Pedicura es una bruja, una figura típica de los cuentos de hadas.

Maniqueísmo

Mientras que los cuentos tradicionales establecen una clara diferencia entre el bien y el mal, esta historia es diferente porque se niega a ser maniquea: la frontera entre estas dos nociones es más compleja y ambigua.

De hecho, en *la Isla de la Calavera*, el lector se da cuenta al final de que el que se cree "malo" no lo es: David pasa el tiempo intentando escapar de quienes le desean lo mejor (Jill dice: "Estábamos luchando contra ellos. Sin embargo, siempre estuvieron de nuestro lado", p. 171).

Además, está claro que la escuela de la isla de la calavera, aunque dirigida por magos e impregnada de magia negra, es más agradable que las escuelas públicas de las que fueron expulsados David, Jill y Jeffrey. David no se aburre en clase, progresa en todas las asignaturas y "no hay castigo" (p. 61).

Los villanos, los monstruos (es decir, los profesores), aunque tétricos y capaces de dar la muerte, son "villanos bastante simpáticos", como señala el Sr. Kilgraw (p. 174). Es cierto que los profesores asesinaron al inspector, pero se defienden de su crimen argumentando que no tenían otra opción porque se arriesgaban a ser descubiertos por la sociedad inglesa.

Al final de la novela, encontramos a David floreciendo, preguntándose si elegirá "magia blanca o magia negra" y prefiriendo "posponer su decisión" (pp. 179-180). Por último, las criaturas tradicionalmente malvadas se presentan aquí bajo una luz mejor que los padres de David o las escuelas públicas inglesas, que son los verdaderos "villanos" de la historia.

UNA BÚSQUEDA INICIAL

Un cuento de hadas es una historia de iniciación, normalmente protagonizada por un niño que supera diversas pruebas para convertirse en adulto. El héroe emprende una búsqueda (en este caso de la verdad sobre Groosham Grange), pero en realidad lo que busca es su propia realización.

Así ocurre en esta novela: el joven David se descubrirá y se realizará a sí mismo, al final de la historia. La ceremonia a la que se somete en su decimotercer cumpleaños actúa como un rito de paso a la edad adulta, así como una iniciación a la magia.

El anillo negro que recibe es el símbolo de su nueva pertenencia al mundo de los magos. Pasa de un estado a otro: de niño a hombre, de simple mortal a hechicero. Esta metamorfosis queda subrayada por el hecho de que abandona su nombre original y adopta el de un antiguo mago famoso (la historia no dice cuál ha elegido).

UNA HISTORIA FANTÁSTICA

Sin embargo, *La Isla de la Calavera* no es, en sentido estricto, un cuento. Mientras que un cuento maravilloso se sitúa en una temporalidad indefinida ("érase una vez") y en un universo que se acepta inmediatamente como mágico, un cuento fantástico se sitúa en un universo realista.

Los elementos mágicos o sobrenaturales que intervienen chocan con este escenario realista, el de la Inglaterra de finales del siglo XX: David no cree en la magia hasta que descubre las particularidades de Groosham Grange y sus ocupantes. Además, esta escuela de brujería hace todo lo posible por permanecer en secreto y ocultar su verdadera naturaleza para no despertar las sospechas de la población.

He aquí los diferentes elementos que hacen de *la Isla Calavera* una historia fantástica:

- **criaturas fantásticas. El Sr.** Leloup es un hombre lobo, el Sr. Kilgraw un vampiro y la Srta. Pedicura es inmortal.

- **horror y terror. La** novela no está exenta de susto y miedo, sentimientos a menudo presentes en el género fantástico. Algunas escenas son espectaculares:

  - La muerte del Sr. Troloin, el inspector del departamento es el punto culminante de la historia, dejando a David y Jill estupefactos ya que "la escena [es] muy aterradora" (p. 128);

  - el enfrentamiento nocturno entre Jill, David y el hombre lobo en el espeso bosque de la Isla de la Calavera (p. 126-127);

  - La huida de David en el bote del capitán Baindesang, cuyas manos arrancadas permanecen colgando de la cuerda (p. 147).

- **referencias a la literatura fantástica.** El autor juega con los códigos de la novela fantástica y hace referencia a obras o autores que han marcado el género:
  - Gregor, el manitas de la escuela hace referencia a Igor, el fiel sirviente de Frankenstein o Drácula, una figura típica de las historias fantásticas. Está "horriblemente deformado", tiene "un solo ojo", "una mejilla hinchada, la otra hueca" y "un pelo raro" (pp. 41-42). Llama a los alumnos sus "amos";
  - Un cuervo observa a David al principio de la novela mientras se prepara para ir a la Isla de la Calavera. Probablemente sea la mascota de la Sra. Windergast. Recuerda al famoso poema "*El cuervo*" (1845) de Edgar Allan Poe (novelista, dramaturgo y poeta estadounidense, 1809-1849), maestro del género fantástico.
  - La novela es también un guiño a *La isla del tesoro* (1883), de R. L. Stevenson (escritor escocés, 1850-1894), otra gran figura de la literatura fantástica. De ahí que el título *Skull Island se* acerque mucho al de la novela de Stevenson. El personaje del capitán Baindesang forma parte de esta referencia, con una "barba negra" y una "masa de pelo enmarañado", equipado con una espada y una "venda en los ojos", lleva "una hebilla de oro en la oreja izquierda" (p. 46) y corresponde a la típica figura literaria del lobo de mar. El narrador se refiere textualmente a la obra de Stevenson al describir al personaje: "Se diría que está sacado directamente de *La isla del tesoro*". (p. 46)

UNA NOVELA DE HUMOR

La Isla de la Calavera está marcada por el registro del cómic, lo que la convierte en una sabrosa novela híbrida.

La comedia de las palabras

La historia está llena de juegos de palabras. Pueden encontrarse en:

- **los nombres de los personajes**: el capitán Baindesang, el Sr. Kilgraw (*to kill* significa "matar"), el Sr. Leloup. Cada uno hace referencia a una característica destacada del personaje;

- **los giros de la frase**: en referencia a los directores de escuela, que en realidad son un solo hombre con dos cabezas, el autor escribe: "Había dos cabezas al frente de la escuela. (p. 136) O cuando el padre de David exclama, a propósito de su hijo: "Llevo años esperando que siga mis pasos, al menos los pasos de mi silla de ruedas, ya que yo no puedo andar". (p. 24)

Comedia de personajes

La comedia de carácter está motivada por la excesiva personalidad de un personaje. El personaje se deja llevar por un vicio o una obsesión de forma tan excesiva que resulta ridículo. El personaje del padre de Elliot, en su estupidez y excesiva violencia, resulta cómico. Su afición caricaturesca a la disciplina lo convierte en un personaje risible y ridículo.

La comedia del gesto

La comedia del gesto, muy común en el teatro, se basa en los gestos de los personajes (mímicas, muecas, caídas, bofetadas, tropiezos, etc.) que provocan la risa del espectador. Horowitz lo utiliza en escenas muy visuales, sobre todo al principio de la novela, en la familia Eliot: la pobre madre de David no deja de hacerse daño, ya sea por torpeza o por los golpes que su marido destinaba inicialmente a su hijo: la atropella con su silla, la apuñala, la golpea, la salpica, la empuja…

La discrepancia y el absurdo

Horowitz se complace en sorprender al lector con numerosos efectos de ruptura, de discrepancia con lo esperado, que crean un efecto cómico. David escribe en su diario sobre su profesora de inglés: "Miss Pedicure tiene una dentadura perfecta. El único inconveniente es que los guarda en un vaso en la esquina de su escritorio. (p. 63)

Todo en Groosham Grange tienen algo sombrío: el vehículo escolar no es un autobús escolar, sino un coche fúnebre; el balón de fútbol es "una vejiga de cerdo inflada" (p. 65); la mascota del ecónomo es un cuervo; a los alumnos no se les sirven patatas fritas ni tarta, sino "morcilla" (p. 53) como comida de bienvenida. La brecha así creada entre lo que se espera de una escuela y la realidad de Groosham Grange es cómica.

UNA SÁTIRA DE LA SOCIEDAD

La Isla de la Calavera, bajo su apariencia desenfadada, puede considerarse una novela comprometida. Anthony Horowitz esconde en ella una crítica a la farisaica sociedad inglesa, a la que satiriza a lo largo de la historia. Sus mensajes se transmiten a través del humor y la exageración paródica.

Crítica a la burguesía

La burguesía está representada en la novela por los padres de David, que son caricaturescos y totalmente antipáticos.

El padre, banquero de profesión, lee el *Financial Times*. Apuesta por las finanzas, le regaló un maletín a su hijo por su octavo cumpleaños y le lleva a la Bolsa todos los años como regalo de Navidad. Obsesionado con una disciplina ciega y violenta, es insensible y deshumanizado.

La madre, ama de casa subordinada a su marido, es estúpida y tiene una desafortunada tendencia a la bebida ("vertió un vasito de vodka en su tazón de cereales", p. 18). La familia vive en un mundo frío, absurdo y artificial: su jardín "completamente lleno de plantas de plástico" es un ejemplo perfecto (p. 28).

Crítica a la escuela pública

Las escuelas públicas son retratadas como instituciones violentas, injustas y estrictas donde la libertad es sofocada hasta su último aliento. Se practican los castigos más humillantes: cuando lo expulsan, cortan "la corbata de David por la mitad y pintan su chaqueta de amarillo delante de todo el colegio" (p. 13).

Feminismo

Horowitz presenta a la familia Eliot como la familia conservadora por excelencia. La Sra. Eliot es acosada por su marido, que le habla mal y la hiere más o menos sin querer. Ella está de acuerdo con todo lo que él dice, pero sus amables palabras contradicen el miedo que le tiene: "¿Qué es eso, querida?" (p. 20); "Probablemente tengas razón, querida", gime la señora Eliot (p. 178). Cuando David conoce a Jill, una chica independiente y de carácter fuerte, no puede evitar compararla con su madre y llegar a la conclusión de que su madre "se remonta a la era prehistórica" (p. 31).

Además, el punto de vista feminista del autor se expresa en su caricatura de las escuelas públicas para niñas: Jill se ha escapado de tres escuelas donde le enseñaban "a hacer ramos de flores y a cocinar" (p. 34) y sus padres la envían a Groosham Grange pensando que podrá "aprender modales, bordados y esas nimiedades" (p. 34), con el pretexto de que, al ser una niña, debe limitarse a aprender las tareas domésticas.

Moraleja

En este original relato, Horowitz se divierte sorprendiendo al lector y juega con los códigos de la literatura tradicional. Deconstruye tanto el maniqueísmo como el aspecto moral inherente a los cuentos de hadas: da a los villanos su merecido en un mundo alegremente sombrío.

Como dice el Sr. Kilgraw al final de la historia sobre las criaturas supuestamente malvadas que habitan la Isla de la Calavera: "Nunca lanzamos una bomba atómica, [...] nunca contaminamos [...] nunca experimentamos con animales ni recortamos las ayudas familiares" (p. 173). Al final, es el mundo mortal, el universo de nuestra realidad, representado en particular por los padres de David, el que lleva en sí la verdadera violencia.

VÍAS DE REFLEXIÓN

ALGUNAS PREGUNTAS PARA SEGUIR REFLEXIONANDO...

- ¿Puede describirse esta obra como una historia de iniciación? Justifique su respuesta.

- ¿Cómo puede compararse la Isla de la Calavera con el Inframundo de la mitología grecolatina?

- ¿Qué imagen ofrece Horowitz de la escuela pública?

- ¿Qué acerca esta obra a un maravilloso cuento de hadas?

- ¿Clasificaría esta obra como una historia maravillosa o fantástica? Justifique su respuesta.

- ¿Qué simbolismo tiene el hecho de que la escuela de brujería esté en una isla?

- ¿Cómo construye Horowitz su humor y cuál es su objetivo?

- En *Cursed Grail*, la secuela de *Skull Island*, ¿qué cambios se producen en el personaje de David? Comenta la relación de David con el vampiro Kilgraw.

- Esta obra recuerda a *Harry Potter* (1997-2007), de J. K. Rowling (novelista británica, nacida en 1965). Compara *la Isla de la Calavera* con el primer libro de la saga: *Harry Potter y la Piedra Filosofal*.

PARA IR MÁS LEJOS

EDICIÓN DE REFERENCIA

HOROWITZ A, *L'Île du crâne*, traducido del inglés por Annick Le Goyot, París, Le Livre de Poche Jeunesse, 2014, 192 p.

ESTUDIOS COMPARATIVOS

BERGSON H., *Le Rire*, París, PUF, 2006, 168 p.

CHEVALIER J. y GHEERBRANT A., *Dictionnaire des Symboles*, París, Robert Laffont, 1969.

HOROWITZ A., *Maudit Graal*, traducido del inglés por Annick Le Goyot, París, Le Livre de Poche Jeunesse, 2014, 192 p.

NOURISSIER F. y BIAISI P.-M. DE, *Dictionnaire des genres et notions littéraires*, París, Albin Michel, 2001.

POE E. A., « Le Corbeau », en *L'Intégrale illustrée*, París, Archipoche, coll. « Bibliothèque des Classiques », 2015, 850 p.

STEVENSON R. L., *La isla del tesoro*, París, Flammar on, 2010, 392 p.

ZIPES J., *The Oxford Encyclopedia of Children's Literature*, Oxford, Oxford University Press, vol. II. II, 2006.

¡Su opinión nos interesa!
¡Deje un comentario en la pagina web de su librería en línea,
y comparta sus favoritos en las redes sociales!

Muchas más guías para descubrir tu pasión por la literatura

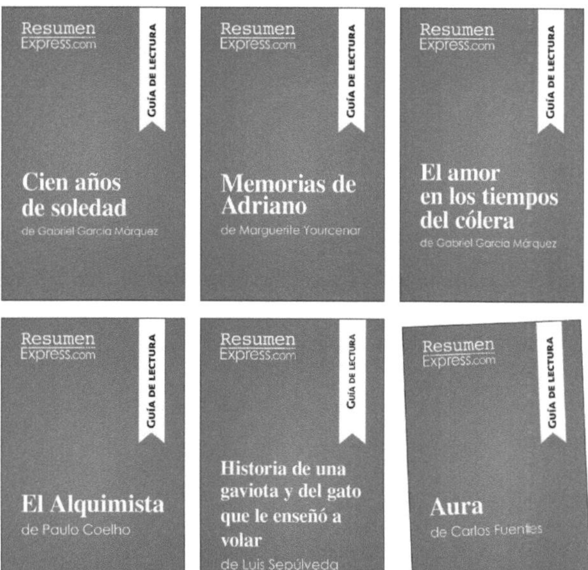

www.ResumenExpress.com